L'édition originale de cet ouvrage a paru en langue anglaise
chez Hodder & Stoughton, Londres, sous le titre :
The Famous Five - When Timmy Chased the Cat.

© Hachette Livre, 2018 pour la présente édition.

Traduction : Rosalind Elland-Goldsmith.
Illustrations : Jamie Littler.
Conception graphique : Audrey Thierry.

Hachette Livre, 58, rue Jean-Bleuzen, 92178 Vanves Cedex.

LE CLUB DES CINQ JUNIOR

François, Claude, Mick et Annie sont
inséparables. Avec leur chien Dagobert,
ils forment le Club des Cinq Junior !
À force de passer tout leur temps
ensemble, ils se retrouvent parfois
dans de drôles de situations...
Mais grâce à l'audace de Claude,
le garçon manqué de la bande,
à la détermination de François,
à l'intelligence de Mick et à la bravoure
d'Annie, le Club des Cinq Junior
parvient à démêler tous
les mystères !

CHAPITRE UN

– **Q**u'avez-vous prévu, aujourd'hui ? demande Tante Cécile au Club des Cinq.

Tous lèvent le nez de leur livre (sauf Dagobert… qui lève le museau de son os).

– On pourrait aller se promener, répond François, mais le vent souffle trop fort aujourd'hui… Si on allait faire du patin à glace.

– Mais il n'y a ni neige ni glace ! réplique Annie. Rien que ce vent à décorner les bœufs. J'aime autant rester au chaud à lire des livres !

– Ah, non ! proteste Claude. On *doit* sortir ! Vous avez pensé à Dago ? Il faut bien qu'il fasse sa balade quotidienne !

Le chien dresse les
oreilles dès qu'il entend
le mot magique... Une
promenade, c'est justement ce
dont il avait envie !
Il se lève d'un bond et s'élance
vers sa maîtresse.

Claude le caresse.

– D'accord, Dag,
dit-elle. Laissons
Annie avec
ses livres, et
allons faire
un tour.

– Et si vous alliez au cinéma de Beckton ? propose Tante Cécile. Il y passe un très bon film sur la vie d'un cirque. Je vous paye les billets !

– Maman… j'ai comme l'impression que tu veux te débarrasser de nous ! constate Claude.

– C'est vrai… admet sa mère avec un petit rire. Ton père a invité deux amis cet après-midi. Il vaudrait mieux que vous ne soyez pas dans leurs pattes…

– Deux amis *savants*,
j'imagine ? traduit sa fille.
Dans ce cas, c'est d'accord :
je ne tiens pas non plus à être
dans leurs pattes. Ne pas oser
éternuer parce qu'on risque
de déranger, rien n'est plus
pénible !

– N'exagère pas… répond
Tante Cécile en souriant.
Et toi, François, tu aimerais
aller au cinéma ?

– Bien sûr ! J'ai une idée :
si on se rendait à Beckton
à pied, histoire de se dépenser
un peu ? Et pour rentrer,
on prendra le train !

– Super ! approuve Mick.
J'ai bien envie d'un peu
d'exercice. Et regardez Dago
qui bat de la queue… c'est
qu'il est d'accord, lui aussi !

CHAPITRE DEUX

Les Cinq se mettent en route pour Beckton. Le vent leur fouette le visage, mais la marche les réchauffe.

Chacun apprécie cette promenade revigorante, surtout Dagobert ! Le chien court, bondit et sautille joyeusement.

Il remue la queue sans arrêt,
et chasse des feuilles mortes
comme si c'étaient des souris.
Il fait rire les enfants aux éclats.

   – Ce doit être chouette,
d'être un chien… commente
Annie. Avoir quatre pattes pour
gambader au lieu de deux !

   À mi-chemin, ils passent
devant une grande maison
isolée, portant le nom de
Mont Tarley, et dont la grille
s'ouvre sur une allée conduisant
aux marches d'un perron.

Un gros chat noir est installé au sommet d'un des montants du portail. Il observe Dagobert d'un air hautain.

Dès qu'il aperçoit le félin, le chien s'immobilise. Un *chat* ! Gros, en plus ! Mais complètement hors d'atteinte…

Dagobert saute et aboie de toutes ses forces. Le matou, lui, bâille et fait un brin de toilette comme pour dire : « Peuh ! Un chien… Méchant et puant, comme tous ceux de son espèce… Il ne mérite pas la moindre attention. »

Sauf que Dago bondit si haut que sa tête atteint le sommet de la grille. Surpris, le chat crache et pousse des miaulements aigus.

– Arrête, Dag ! ordonne
Claude. Tu as interdiction
d'approcher les chats, tu le sais !

Le félin crache de plus belle.
C'en est trop pour Dago !
Il se propulse si haut que sa
proie est prise de panique.
Elle saute de la grille et file dans
les buissons qui bordent l'allée.

Dagobert s'élance à son tour,
aboyant comme un fou.

Claude hurle mais son protégé
ne l'écoute pas.

– Il va passer des heures
à pourchasser ce matou !

se désespère François. Il ne pourra pourtant jamais le rattraper… Les chats sont beaucoup plus rapides que les chiens !

– Je dois récupérer Dago, annonce Claude. Pourvu que je ne tombe pas nez à nez avec un jardinier furieux…

– On vient avec toi, décide Mick.

CHAPITRE TROIS

Le petit groupe s'avance dans l'allée. Dago est dressé au pied d'un arbre, tout près de l'entrée de la maison, et aboie à tue-tête.

– À tous les coups, le chat le nargue depuis sa branche, dit François. Claude, appelle-le !

– Dago ! Dago ! crie sa cousine. Viens tout de suite ! Sans succès.

Au moment où, arrivée à sa hauteur, elle se baisse pour lui attraper le collier, le chat saute de sa branche et se précipite derrière la maison. Dago se lance à ses trousses, sans cesser d'aboyer.

– Oh, non ! se lamente Claude. Les propriétaires vont se demander ce qui se passe !

Les enfants font le tour de la bâtisse. Dans la courette, ils aperçoivent une corde à linge, deux ou trois poubelles et un coffre à charbon… sur lequel

s'est réfugié le chat. L'animal
semble défier Dagobert depuis
son perchoir.

Une voix furieuse retentit
soudain :

– Ouste, le chien ! Laisse ce minou tranquille !

Les Cinq découvrent une petite dame, vêtue d'un épais manteau et d'une écharpe. Dans son panier, elle transporte une bouteille de lait et un bocal.

– Pardon, madame, c'est mon chien… explique Claude en attrapant Dagobert par le collier. Vilain ! Tu dois m'obéir !

L'animal baisse la queue et lèche la main de sa maîtresse pour se faire pardonner. La dame ne les quitte pas des yeux.

– Votre chien m'a fait très peur ! déclare-t-elle.

– J'espère que ses aboiements n'ont pas dérangé les habitants de la maison… dit François.

– Comment ? fait la femme en plaçant une main derrière son oreille. Je suis un peu sourde.

– J'AI DIT : J'ESPÈRE QUE SES ABOIEMENTS N'ONT PAS DÉRANGÉ LES HABITANTS DE LA MAISON ! répète l'aîné des Cinq, plus fort.

– Aucun risque, ils sont absents ! répond la dame, tout

en débouchant la bouteille de lait. La jeune Ella est partie lundi, et sa vieille tante hier. Je suis chargée de nourrir leur chat. Viens ici, Sooty : viens boire ton lait ! Je t'ai préparé aussi du poisson.

Du bocal, elle fait glisser un morceau de poisson cuit, et elle verse un peu de lait dans une petite assiette.

Le chat, toujours perché sur
le coffre à charbon, observe
son dîner avec envie, sans oser
s'approcher.

– ON VA S'EN ALLER !
annonce Mick.

– Comment ? fait la femme.
Ah, oui ! Vous devez partir !
Parfait : quand le chien aura
disparu, Sooty acceptera
de descendre. Il doit
avoir faim !

CHAPITRE QUATRE

Les quatre enfants reviennent sur leurs pas. Claude serre le collier de son protégé.

– Bizarre… J'entends quelqu'un qui parle, remarque soudain Annie tandis qu'ils descendent l'allée. Pas vous ?

– Si… approuve Mick.
Pourtant, je ne vois personne.

Tous s'arrêtent pour écouter.

– Ça vient de la maison ?
se demande François.

– Impossible, proteste
Claude, vous avez entendu
la dame : les habitants
sont absents. Ce doit être
quelqu'un qui parle très fort
dans la rue…

Sauf qu'arrivés aux grilles,
ils n'entendent plus rien.

– C'étaient sans doute
les voix de deux jardiniers
qui travaillent derrière
les buissons, conclut Mick.
En avant, maintenant, ou
on manquera le début
de la séance !

Ils arrivent au cinéma juste
à temps et prennent place.
Le film leur plaît
beaucoup.

Quand ils retournent à l'accueil pour récupérer Dagobert, celui-ci les accueille en aboyant joyeusement.

Toute la bande a faim. Justement, dans la vitrine du café en face du cinéma, il y a de jolies pâtisseries…

– Je vous invite à prendre un bon goûter ! lance François, en faisant tinter les pièces dans sa poche.

Même toi, Dag, je te paye
une pâtisserie !

Tout le monde se régale.
Dagobert a droit à un éclair
au chocolat et Claude
l'autorise à lécher son assiette.

– Je n'en peux plus !
s'exclame Mick, à la fin
du goûter. Je me demande
même si je réussirai à me
traîner jusqu'à la gare…
Tiens ? Que se passe-t-il,
Claude ?

Sa cousine a pâli.

– Je viens de me rendre
compte que Dago a perdu
sa médaille, explique-t-elle.
Celle avec son nom et son
adresse. Elle était toute
neuve !

– Pas le temps de la chercher, dit François en consultant sa montre. On doit se mettre en chemin pour la gare, sinon on ratera le train !

CHAPITRE CINQ

– Je vais rentrer à pied, décide Claude. J'ai ma lampe de poche. Je retrouverai peut-être la médaille de Dago en chemin.

– Oh, non ! se lamente Mick. Ne me dis pas qu'on va chercher ce truc sur la route du retour !

– J'irai avec Dag, assure
sa cousine. Vous n'avez pas
besoin de venir.

– On ne va pas te laisser
rentrer seule, décide François.
Moi, je vais t'accompagner,
et Mick et Annie prendront
le train.

– Pas question ! proteste
sa sœur. Je viens aussi. Je crois
savoir où Dagobert a perdu
sa médaille. Dans l'allée
de la grande maison !

Vous vous rappelez que le chat s'est réfugié dans un arbre et que Dag a tenté d'y grimper lui aussi ? Son collier a dû se prendre dans une branche. À tous les coups, la médaille s'est détachée à ce moment !

– Tu as sans doute raison, approuve Claude. Pourvu que le chat ne soit plus dans le jardin…

– Tu ferais mieux de tenir
ton chien en laisse… conseille
Mick en sortant une corde
de sa poche.

Les enfants rebroussent
chemin sous le ciel nocturne.
Les étoiles brillent si fort
qu'ils ont à peine besoin
de leurs torches électriques
pour s'éclairer.

Enfin, la petite bande arrive
à *Mont Tarley* et s'arrête
devant la grille.

– Nous y voici, annonce Mick en agitant sa torche. Il suffit de retracer le parcours de Dagobert. On devrait facilement la retrouver, cette médaille.

– Toi, mon chien, tu ne t'éloignes pas ! ordonne Claude en serrant la laisse.

Les Cinq s'avancent dans l'allée. Mais, à mi-chemin, ils se figent.

– J'entends des voix ! souffle Annie, stupéfaite. Qui ça peut bien être ?

– Aucune idée ! réplique Mick.

Dépêchons-nous d'aller regarder au pied de l'arbre, je parie que la médaille s'y trouve.

Ils s'avancent vers la porte d'entrée. Les voix résonnent toujours au loin. Soudain, la benjamine des Cinq s'écrie :

– La médaille !

– Super ! se réjouit Claude, en ramassant l'objet.

Mick, lui, tend l'oreille.

– Pas possible… murmure-t-il. Maintenant, j'entends quelqu'un qui *chante* ! C'est de plus en plus étrange…

CHAPITRE SIX

– **E**t si c'était le son d'une radio ? suggère Annie.

– Sauf qu'il n'y a pas d'autre maison dans le coin, souligne François. En tout cas, pas assez proche pour qu'on entende la radio.

La voix s'arrête de chanter…
et une bande musicale prend
le relais !

– C'est *forcément* la radio,
conclut Annie. Il ne peut
pas s'agir d'un vrai groupe
de musique, en pleine nuit.

– Tu as raison… admet son
frère aîné. Vous pensez que
ça vient de *Mont Tarley* ?

– Impossible, il n'y a
personne, fait remarquer Mick.
La vieille dame a assuré que la
maison était vide. C'est la raison
pour laquelle elle doit nourrir

le chat ! Et elle serait entrée
dans la maison pour éteindre
la radio si les habitants
l'avaient laissée allumée…

— Pas sûr… intervient Claude.

— Pourquoi ? demande Mick.

— Parce que cette dame
est sourde, rappelez-vous !

Moi, je suis de plus en plus
convaincue que la radio se
trouve dans la maison.

– Quelqu'un serait rentré ?
Et aurait allumé la musique ?
s'interroge Annie.

– Impossible ! dit François.
Je ne peux pas croire, non
plus, qu'on parte de chez soi
en laissant la radio allumée
aussi fort. Mieux vaut tirer cette
affaire au clair. La musique
semble venir de l'autre côté
de la maison… Allons voir.

Soudain, un miaulement s'élève d'un buisson. Dago dresse les oreilles. Encore ce maudit chat !

– Claude, tiens bien ton chien, conseille François en éclairant le félin avec sa lampe. Vite, faisons le tour de la maison !

Ils contournent la bâtisse
et découvrent une terrasse
dont les marches descendent
vers le jardin, à peine visible
dans l'obscurité. La musique
est de plus en plus forte.

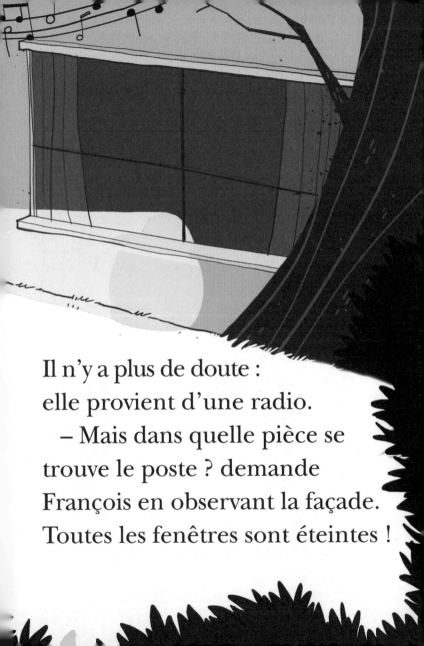

Il n'y a plus de doute :
elle provient d'une radio.

– Mais dans quelle pièce se
trouve le poste ? demande
François en observant la façade.
Toutes les fenêtres sont éteintes !

CHAPITRE SEPT

En effet, on n'aperçoit pas la moindre lueur. François éclaire les fenêtres les unes après les autres. Toutes sont fermées. La maison paraît déserte.

– Cet arbre, là ! remarque Mick. Il monte jusqu'au balcon.

Je vais grimper pour voir ce qu'on peut voir à l'intérieur. Pourvu que les rideaux ne soient pas tirés…

Il escalade les branches, guidé par les torches électriques de ses compagnons.

Enfin, il atteint le balcon.
Les rideaux ne sont pas
fermés ! Mick éclaire la pièce
à travers la vitre…

– La radio est ici, j'en
suis certain ! crie-t-il.

Je l'entends parfaitement !
Le son passe par la grille
d'aération et... Oh !
    – Quoi ? s'exclament les autres.
    – Il y a quelqu'un dans
la pièce ! Une personne...
allongée par terre !

Elle ne bouge pas… Je vais toquer pour voir si elle m'entend.

Les autres entendent ses coups contre le verre.

– La personne a remué ! reprend le garçon. Je me demande qui c'est ! Elle doit être blessée… Mais la fenêtre est fermée, je ne peux pas entrer. Je redescends ! Aidez-moi avec vos lampes !

Il rebrousse chemin à toute vitesse. Dès qu'il est au sol, les autres se groupent autour de lui, le cœur battant.

– Il va bien falloir réussir à entrer dans la maison, annonce le garçon. Cette personne est blessée, j'en suis certain. Ou peut-être malade !

– Mais comment faire ?

– Il faut essayer tous les accès, décide Mick, en s'avançant vers la porte du jardin. Celle-ci est verrouillée. Tentons celle de la cuisine !

Justement, elle est ouverte ! Les Cinq entrent les uns derrière les autres.

Le son de la radio est de plus en plus fort.

– Montons, décide Mick. La chambre que j'ai vue se trouve à l'étage.

La petite bande se précipite dans l'escalier. La musique est presque assourdissante.

– Ça vient de cette pièce !
crie Mick en courant vers une
porte entrouverte.

Il pousse le battant et éclaire
quelque chose sur le sol.

François tend la main vers
un interrupteur et allume
la lumière. *Clic !*

CHAPITRE HUIT

Une femme repose sur le parquet. Ses cheveux sont gris et elle a l'air âgée. Elle porte un manteau.

Les enfants l'observent, horrifiés. Que s'est-il donc passé ?

Soudain, les yeux de l'inconnue clignent… puis s'ouvrent. La dame regarde les Cinq, puis tente de parler :

– De l'eau… murmure-t-elle d'une voix rauque.

Claude cherche une salle de bains pour y remplir un verre d'eau. François soutient la vieille femme pendant qu'elle s'assoit, et Claude l'aide à boire.

La dame esquisse un sourire.

– Quelle idiote… articule-t-elle. Je m'apprêtais à quitter la maison mais j'ai glissé, et… et…

Elle se tait, et Annie lui tapote gentiment la main.

– Vous êtes tombée et vous vous êtes fait mal ? suggère-t-elle.

– Oui, à la hanche. Je ne pouvais pas me redresser ni atteindre le téléphone pour appeler les secours. Il n'y avait plus personne dans la maison – ma nièce était déjà partie…

– Et la voisine qui s'occupe du chat est sourde, ajoute François, elle ne vous a donc pas entendue crier !

– C'est cela… Tout ce que je pouvais faire, c'était tendre

le bras pour allumer la radio.
Je me disais que quelqu'un
finirait bien par entendre…
un policier, par exemple, venu
patrouiller dans le coin…

– Vous êtes ici depuis longtemps ? demande Annie, soucieuse.

– Depuis hier après-midi, sans pouvoir bouger. Heureusement que j'avais mon manteau, sinon je serais morte de froid la nuit dernière. Mais j'avais tellement soif… Oh, mes enfants, comme je suis heureuse de vous voir !

François éteint la radio.

– Où est le téléphone, interroge-t-il. Il faut appeler un médecin… et une ambulance. Vous serez bientôt entre de bonnes mains. Ne vous inquiétez pas !

Les Cinq restent avec la vieille dame jusqu'à l'arrivée des secours. Puis tous redescendent dans le hall d'entrée et quittent la maison.

– Dago, tu restes à côté de moi ! ordonne Claude. Finie la chasse au chat !

Le chien réplique d'un jappement.

– Qu'est-ce qu'il a dit ? questionne Annie.

Sa cousine pouffe.

– « Ne me parle pas sur ce ton, Claude – si je n'avais pas pourchassé ce chat, vous n'auriez pas vécu votre petite aventure ! ».

– Il a raison, comme toujours ! conclut Mick avec un sourire. Et si la chasse au chat permet de sauver des vies... moi, je suis pour ! Sacré Dago !

FIN

Retrouve très bientôt
le Club des Cinq Junior
dans une nouvelle aventure !

As-tu lu les premières enquêtes du Club des Cinq Junior ?

Tome 1

Tome 2

Tome 3

Table

PAPIER À BASE DE
FIBRES CERTIFIÉES

Hachette s'engage pour l'environnement en réduisant l'empreinte carbone de ses livres. Celle de cet exemplaire est de :

400 éq. CO_2

Rendez-vous sur
www.hachette-durable.fr

Photogravure Nord Compo - Villeneuve-d'Ascq

Imprimé en Roumanie par G. Canale & C. S.A.
Dépôt légal : janvier 2018
Achevé d'imprimer : décembre 2017
39.3383.6/01 – ISBN 978-2-01-627124-7
Loi n° 49956 du 16 juillet 1949
sur les publications destinées à la jeunesse

Enid Blyton

LE CLUB DES CINQ JUNIOR

UNE COURSE
INFERNALE

hachette
JEUNESSE

FRANÇOIS

MICK

ANNIE

CLAUDE

DAGOBER

Table

Pour tout connaître sur ta série préférée,
va sur le site :
www.bibliotheque-verte.com

hachette s'engage pour l'environnement en réduisant l'empreinte carbone de ses livres. Celle de cet exemplaire est de :

400 éq. CO_2

Rendez-vous sur www.hachette-durable.fr

PAPIER À BASE DE FIBRES CERTIFIÉES

Photogravure Nord Compo - Villeneuve-d'Ascq

Imprimé en Roumanie par G. Canale & C. S.A.
Dépôt légal : janvier 2018
Achevé d'imprimer : décembre 2017
39.3383.6/01 – ISBN 978-2-01-627124-7
Loi n° 49956 du 16 juillet 1949
sur les publications destinées à la jeunesse